Estelle Savasta

Traversée

Théâtre
l'école des loisirs
11, rue de Sèvres, Paris 6ᵉ

Traversée a été créé le 29 novembre 2011
à l'International Visual Theater à Paris dans une version
totalement bilingue français/langue des signes française.
Mise en scène : Estelle Savasta
Distribution : Jessica Buresi (Nour)
Noémie Churlet (Youmna)
Adaptation LSF et conseils artistiques : Anne-Marie Bisaro,
Bachir Saïfi, Emmanuelle Laborit
Lumières : David Thomas
Scénographie et costumes : Alice Duchange
Environnement sonore : Yann France
Assistanat à la mise en scène : Iris Besnainou
Administration de production : Laure Felix

ISBN : 978-2-211-21250-2

© 2013, l'école des loisirs, Paris
Loi numéro 49.956 du 16 juillet 1949 sur les publications
destinées à la jeunesse : mars 2013
Dépôt légal : mars 2013
Imprimé en France par Hérissey à Évreux (Eure)
N° d'impression : 120185

À Laure Félix

PERSONNAGES

NOUR

YOUMNA

Note : Youmna est sourde et s'exprime en langue des signes. Le spectacle Traversée *a été créé dans une version totalement bilingue français/langue des signes françaises.*

Dans la présente édition, tantôt Nour raconte seule ; tantôt Nour et Youmna racontent, chacune dans sa langue, et cela forme deux récits parallèles ; tantôt Youmna s'adresse à Nour, signe pour elle, et Nour dit les mots.

Cependant, le texte est écrit de telle manière que l'on peut décider de ne tenir compte que de la partition de Nour. Dans ce dernier cas, la pièce est à considérer comme un monologue.

Partie I

1.

NOUR

Youmna est belle.

Elle est douce.

Youmna est bonne et elle sent le vent.

Youmna n'est pas ma mère et je voudrais qu'elle
le soit.

Nour et Youmna racontent, chacune dans sa langue.

NOUR et YOUMNA

Les oreilles de Youmna ne marchent pas.

Mes oreilles ne marchent pas.

Elle est née comme ça.

Je suis née comme ça.

Youmna m'apprend sa langue.

À Nour j'apprends ma langue.

Et cette langue n'est qu'à nous.

Et cette langue n'est qu'à nous.

J'aime ça.

Elle aime ça.

Je m'appelle Nour.

Je m'appelle Youmna.

NOUR

Youmna dit que je suis le Nour de ses yeux
même si son ventre ne m'a jamais portée.

2.

Matin dans une toute petite maison.
Deux lits jumeaux. Nour et Youmna sont assises, très
serrées l'une contre l'autre, dans un des lits. Elles effec-
tuent en rythme et en même temps une suite de signes
et de chiffres. Comme un rituel joyeux. Un peu comme
un jeu de pierre-papier-ciseaux. Elles s'arrêtent en
même temps. Et sortent du lit.

3.

Dans la toute petite maison. Youmna assise sur le bord d'un lit. Nour assise à ses pieds sur une natte.

Youmna signe pour Nour. Nour dit les mots.

NOUR et YOUMNA

Youmna dit que ma mère était belle, douce et bonne elle aussi.

Ta mère était belle, douce et bonne elle aussi.

Elle dit que ma mère était son amie.

Ta mère était mon amie.

La seule à avoir appris sa langue.

La seule à avoir appris ma langue.

Comme ça, pour rien, pour être son amie.

Comme ça, pour rien, pour être mon amie.

Que ça les avait dépassées toutes les deux.

Ça nous avait dépassées toutes les deux.

Elle dit On riait pour rien et on se faisait des promesses de chevaliers imbéciles.

On riait pour rien et on se faisait des promesses de chevaliers imbéciles.

Elle dit Pour être quelqu'un, parfois, il faut être plusieurs.

Pour être quelqu'un, parfois, il faut être plusieurs.

Et nous, nous étions deux.

Et nous, nous étions deux.

Nour et Youmna racontent, chacune dans sa langue.

NOUR et YOUMNA

Moi, je ne veux rien savoir.

Nour ne veut rien savoir.

Dans cette vie je ne veux que Youmna.

Elle dit que dans cette vie elle ne veut que moi.

Alors je ne dis rien.

Alors elle ne dit rien.

Je n'ai que Youmna et elle est le Nour de mes yeux.

Elle dit qu'elle n'a que moi et que je suis le Nour de ses yeux.

Même si elle n'est pas ma mère.

Même si je ne suis pas sa mère.

Et même si elle s'appelle Youmna.

Et même si je m'appelle Youmna.

4.

Soir. Dans la toute petite maison.
Youmna, tout au bord du lit de Nour. Nour, tout au
bord de s'endormir. Youmna fait des ombres chinoises
avec ses signes. Elle raconte une histoire. Puis éteint la
lumière et les ombres. Avec son doigt, elle trace un cercle
sur la tempe de Nour, et un cercle dans sa main.
Nour s'endort.

5.

Nour et Youmna racontent, chacune dans sa langue.

NOUR et YOUMNA

Youmna ne parle jamais de mon père.
Nour ne pose aucune question sur son père.

Ça me va.
Ça me va.

C'est déjà assez compliqué comme ça.
C'est déjà assez compliqué comme ça.

6.

Matin dans la toute petite maison. Nour et Youmna sont assises, très serrées l'une contre l'autre, dans un des lits. On reconnaît dans les signes de Youmna ceux du jeu de doigts. Le rituel joyeux. Comme un jeu de pierre-papier-ciseaux.

NOUR et YOUMNA

Nous possédons.

Nous possédons.

1 toute petite maison.

1 toute petite maison.

1 lopin de jardin.

1 lopin de jardin.

1 arbre.

1 arbre.

2 lits.

2 lits.

4 couvertures et 4 draps.

4 couvertures et 4 draps.

2 matelas et 2 oreillers.

2 matelas et 2 oreillers.

1 natte.

1 natte.

2 casseroles et 1 marmite.

2 casseroles et 1 marmite.

4 assiettes et 3 verres assortis car j'ai cassé le 4e.

4 assiettes et 3 verres assortis car elle a cassé le 4e.

1 théière.

1 théière.

12 ustensiles variés qui peuvent être utilisés pour manger servir ou mélanger.

12 ustensiles variés qui peuvent être utilisés pour manger servir ou mélanger.

2 brosses à dents.

2 brosses à dents.

1 brosse à cheveux et 1 peigne.

1 brosse à cheveux et 1 peigne.

2 serviettes.

2 serviettes.

1 valise verte.

1 valise verte.

4 tenues complètes de la tête aux pieds sous-vêtements compris.

4 tenues complètes de la tête aux pieds sous-vêtements compris.

1 assiette en métal pour les soins.

1 assiette en métal pour les soins.

2 paires de souliers.

2 paires de souliers.

1 étagère, 4 livres, 1 toute petite boîte.

1 étagère, 4 livres, 1 toute petite boîte.

Nous avons tout ce qu'il nous faut.

Nour dit que nous avons tout ce qu'il nous faut.

Nous ne manquons de rien.

Que nous ne manquons de rien.

Tout ce qui est dans notre maison sert à quelque chose.

Que tout ce qui est dans notre maison sert à quelque chose.

Sauf la petite boîte.

Sauf la petite boîte.

La petite boîte est sur l'étagère. J'ai le droit de la regarder et de la toucher.

La petite boîte est sur l'étagère. Elle a le droit de la regarder et de la toucher.

Je n'ai pas le droit de l'ouvrir.

Elle n'a pas le droit de l'ouvrir.

J'ai promis.

Elle a promis.

7

Nour et Youmna racontent, chacune dans sa langue.

NOUR et YOUMNA

Youmna sait enlever le mauvais œil et faire disparaître les brûlures.

Je sais enlever le mauvais œil et faire disparaître les brûlures.

Elle sait parler aux enfants indisciplinés dans le ventre de leur mère, et calmer les cœurs qui battent trop vite.

Je sais parler aux enfants indisciplinés dans le ventre de leur mère, et calmer les cœurs qui battent trop vite.

Elle sait voir l'avenir s'il ne s'en va pas trop loin.

Je sais voir l'avenir s'il ne s'en va pas trop loin.

Toutes les femmes d'ici viennent la voir.

Toutes les femmes d'ici viennent me voir.

Aucune n'a pris la peine d'apprendre sa langue mais toutes la respectent. Et Youmna se débrouille.

Aucune n'a pris la peine d'apprendre ma langue mais toutes me respectent. Et je me débrouille.

Si vous voulez mon avis, je crois qu'avec tous ses savoirs, elle leur fout un peu les chocottes.

Je crois qu'avec tous mes savoirs, je leur fais un peu peur.

8.

Nour et Youmna racontent, chacune dans sa langue.

NOUR et YOUMNA

Je vais à l'école.

J'envoie Nour à l'école.

Youmna veut que j'y aille pour entendre la langue des autres.

Je veux qu'elle y entende la langue des autres.

Celle qui se parle avec la bouche.

Celle qui se parle avec la bouche.

J'apprends les mots.

Elle apprend les mots.

9.

Dans la toute petite maison. Youmna, assise sur le bord d'un lit. Nour, assise à ses pieds sur une natte.

Youmna signe pour Nour. Nour dit les mots.

NOUR et YOUMNA

Youmna dit Le voyage et toi êtes venus en même temps dans le ventre de ta mère.

Le voyage et toi êtes venus en même temps dans le ventre de ta mère.

Dès qu'elle a senti que tu étais là, elle a décidé.

Dès qu'elle a senti que tu étais là, elle a décidé.

Ta mère disait Pour moi c'est fait. C'est acceptable.

Ta mère disait Pour moi c'est fait. C'est acceptable.

Pas pour l'enfant.

Pas pour l'enfant.

Elle disait Je travaillerai dur et mon enfant mangera à sa faim.

Elle disait Je travaillerai dur et mon enfant mangera à sa faim.

Mon enfant ira à l'école, échevelée si ça lui plaît.

Mon enfant ira à l'école, échevelée si ça lui plaît.

Une nuit, quelques jours après ta naissance, elle est venue chez moi.

Une nuit, quelques jours après ta naissance, elle est venue chez moi.

Elle a dit Je pars.

Elle a dit Je pars.

Le voyage sera long et dangereux.

Le voyage sera long et dangereux.

Je ne peux pas emmener l'enfant avec moi.

Je ne peux pas emmener l'enfant avec moi.

Je pars la première, quand le nid sera prêt, promets de la laisser venir jusqu'à moi.

Je pars la première, quand le nid sera prêt, promets de la laisser venir jusqu'à moi.

Youmna dit J'ai promis. C'était ma dernière promesse de chevalier imbécile.

J'ai promis. C'était ma dernière promesse de chevalier imbécile.

Alors ta mère a ouvert les paumes de mes mains, comme ça, et elle t'a posée là. Oisillon minuscule.

Alors ta mère a ouvert les paumes de mes mains, comme ça, et elle t'a posée là. Oisillon minuscule.

Elle a dit Garde-la, protège-la.

Elle a dit Garde-la, protège-la.

Donne-lui ton ventre pour dormir. Aime-la.

Donne-lui ton ventre pour dormir. Aime-la.

Et elle s'est envolée.

Et elle s'est envolée.

Nous sommes entrées dans ma maison.

Nous sommes entrées dans ma maison.

Je t'ai donné mon ventre pour dormir.

Je t'ai donné mon ventre pour dormir.

C'est comme ça que ça a commencé toi et moi.

C'est comme ça que ça a commencé toi et moi.

Nour et Youmna racontent, chacune dans sa langue.

NOUR et YOUMNA

À cet instant précis de l'histoire toujours le vertige m'attrape.

À cet instant précis de l'histoire toujours le vertige attrape Nour.

Alors je ferme mes yeux dans les cheveux de Youmna.

Alors elle ferme les yeux dans mes cheveux.

Et je fais des listes à n'en plus finir.

Et, à l'intérieur, je sais qu'elle fait des listes à n'en plus finir.

Youmna dit que je ne dois parler de cette histoire
à personne.

Je lui dis de ne raconter cette histoire à personne.

Alors je garde ma bouche fermée.

C'est une histoire à garder pour nous.

Et nous vivons avec ce mauvais présage au-dessus de nos deux têtes.

Et nous vivons avec ce mauvais présage au-dessus de nos deux
têtes.

Cette femme qui m'a fait naître va écrire.

Nour va grandir.

Et je devrai quitter Youmna et partir.

Et elle devra partir.

Nour et Youmna racontent, chacune dans sa langue.

NOUR et YOUMNA

Un jour pour les filles l'école a fermé.

Un jour pour les filles l'école a fermé.

Je n'ai pas compris pourquoi.

Nour n'a pas compris pourquoi.

Un peu comme si les hommes étaient devenus des ogres,

Un peu comme si les hommes étaient devenus des ogres,

Les femmes ont baissé la tête et ont pressé leurs pas.

Les femmes ont baissé la tête et ont pressé leurs pas.

Nous restons dans notre toute petite maison la plupart du temps.

Nous restons dans notre toute petite maison la plupart du temps.

J'apprends l'histoire et les conjugaisons sur le bout des doigts de Youmna.

Nour apprend l'histoire et les conjugaisons sur le bout de mes doigts.

Elle a peur que j'oublie la langue des autres. Celle de la bouche.

J'ai peur qu'elle oublie la langue des autres. Celle qu'ils parlent avec leur bouche.

Elle m'oblige à dire les mots.

Je l'oblige à dire les mots.

Pas toujours, évidemment.

Pas toujours, évidemment.

Soir dans la toute petite maison.

Youmna tout au bord du lit de Nour. Nour tout au bord de s'endormir. Youmna fait des ombres chinoises avec ses signes. Elle raconte une histoire. Puis éteint la lumière et les ombres. Avec son doigt, elle trace un cercle sur la tempe de Nour, et un cercle dans sa main.

Elles racontent, chacune dans sa langue.

NOUR et YOUMNA

Et puis c'est arrivé, juste avant la nuit, sans prévenir.

Et puis c'est arrivé, il a fallu le dire.

Comme chaque soir, Youmna et son corps d'oranger sur le bord de mon lit.

Comme chaque soir, Nour et son odeur de printemps attendent le sommeil.

L'histoire du garçon minuscule et des petits cailloux.

Je raconte l'histoire du garçon minuscule et des petits cailloux.

La main de Youmna dans mon dos comme si elle défroissait une belle lettre d'amour chiffonnée.

Ma main dans son dos comme si je défroissais une belle lettre d'amour chiffonnée.

Et puis, avec son pouce, un cercle dans ma main et un cercle sur ma tempe.

Et puis, avec mon pouce, un cercle dans sa main et un cercle sur sa tempe.

Mais ce soir la main s'arrête. Elle reste là.

Mais ce soir ma main s'arrête. Elle reste là.

La belle main assurée de Youmna tremble.

Ma main tremble et je n'y peux rien.

Youmna signe pour Nour. Nour dit les mots.

NOUR et YOUMNA

Youmna dit Ta mère a écrit. Elle t'attend. Elle a tout organisé.

Ta mère a écrit. Elle t'attend. Elle a tout organisé.

Nour et Youmna racontent, chacune dans sa langue.

NOUR et YOUMNA

C'est comme une claque sur la figure.

Pour Nour, c'est comme une claque sur la figure.

Et avec les claques il n'y a rien à faire.

Et avec les claques il n'y a rien à faire.

Juste attendre que le feu sur la joue s'éteigne,

Juste attendre que le feu sur la joue s'éteigne,

Que l'humiliation et la colère fassent leur chemin.

Que l'humiliation et la colère fassent leur chemin.

Nuit. Nour est seule dans son lit. Youmna à l'extérieur de la toute petite maison.

Chacune raconte dans sa langue.

NOUR et YOUMNA

C'est ma dernière nuit dans ce lit.

C'est sa dernière nuit dans ce lit.

Le sommeil ne viendra pas. Le vertige est déjà là.

Pour moi le sommeil ne viendra pas et pour Nour, je le sais, le vertige est déjà là.

À la suite je dis la liste contre la peur et celle contre la tristesse, la liste contre l'impatience et celle contre les choses qu'on ne veut pas voir venir.

À la suite, elle dira la liste contre la peur et celle contre la tristesse, la liste contre l'impatience et celle contre les choses qu'on ne veut pas voir venir.

2 423 mots sagement ordonnés comme des petits soldats qui savent marcher droit.

2 423 mots sagement ordonnés comme des petits soldats qui savent marcher droit.

2 423 petits soldats qui ce soir ne servent à rien.

2 423 petits soldats qui, ce soir, ne servent à rien.

13.

Matin suivant. Le jour se lève. Youmna sort délicate-
ment du lit sans réveiller Nour. Elle se dirige vers la
natte et prend une paire de ciseaux, cachée dessous.
Avec douceur, elle réveille Nour et l'invite à venir
s'asseoir près d'elle sur la natte.

Youmna signe, Nour dit les mots.

NOUR et YOUMNA

Elle dit Nour de mes yeux, pour ce voyage, il te faudra être un garçon.

Nour de mes yeux, pour ce voyage, il te faudra être un garçon.

Je n'ai ni le cœur ni les mots pour te dire ce qu'il arrive parfois aux filles.

Je n'ai ni le cœur ni les mots pour te dire ce qu'il arrive parfois aux filles.

Ce ne sont pas toujours des histoires d'enfants qu'il arrive aux enfants.

Ce ne sont pas toujours des histoires d'enfants qu'il arrive aux enfants.

Et puis, ici, une fille seule, on ne la laisserait jamais entreprendre le voyage.

Et puis, ici, une fille seule, on ne la laisserait jamais entreprendre le voyage.

Elle dit Nour de mes yeux, tu seras belle encore.

Nour de mes yeux, tu seras belle encore.

Elle dit Tu seras beau.

Tu seras beau.

Et puis tout repousse, les herbes, les envies, les branches et même les cheveux.

Et puis tout repousse, les herbes, les envies, les branches et même les cheveux.

Et là-bas, tu pourras porter le désordre sur ta tête si ça te plaît.

Et là-bas, tu pourras porter le désordre sur ta tête si ça te plaît.

Tu seras belle ma grande petite, tu seras belle échevelée.

Tu seras belle ma grande petite, tu seras belle échevelée.

Youmna tresse les cheveux de Nour. Elle coupe.

Nour passe sa main dans les cheveux, partout, pour sentir les cheveux courts.

NOUR

Maintenant j'ai une tête d'oiseau.

*Youmna en tailleur sur son lit. Nour, debout sur le lit,
tresse ses cheveux.*

Chacune raconte dans sa langue.

NOUR et YOUMNA

Je pars ce soir.

Elle part ce soir.

Nous nous efforçons de tout faire pareil.

Nous nous efforçons de tout faire pareil.

Les mêmes gestes, les mêmes signes de chaque
jour.

Les mêmes gestes, les mêmes signes de chaque jour.

Mais nos gestes, nos signes, sont tous un tout
petit peu à côté.

Mais nos gestes, nos signes, sont tous un tout petit peu à côté.

Comme si le monde s'était, de façon subtile,
déplacé.

Comme si le monde s'était, de façon subtile, déplacé.

Comme une journée qui se déchire.

Comme une journée qui se déchire.

Je ne dis rien.

Nour ne dit rien.

Youmna ne peut rien me dire.
Je ne peux rien dire.

Le nœud est dans nos gorges et dans nos mains.
Le nœud est dans nos gorges et dans nos mains.

Serré.
Serré.

Alors pour se faire du bien tant qu'on peut encore,
Alors, pour se faire du bien tant qu'on peut encore,

On fait comme si de rien n'était,
On fait comme si de rien n'était,

On se regarde par en dessous,
On se regarde par en dessous,

Et on s'offre nos plus beaux sourires.
Et on s'offre nos plus beaux sourires.

La tresse est terminée. Youmna se lève et prend sous le lit un petit sac de toile. Elle en sort des vêtements de garçon qu'elle tend à Nour. Des chaussures aussi. Nour descend du lit et enfile vêtements et chaussures.

NOUR

Et puis tout s'accélère, d'un coup.

On tape à la porte, trois coups.

Youmna se dirige vers l'étagère et prend la petite boîte.
Elle s'assoit sur la natte et presse Nour de venir s'as-
seoir près d'elle.
Youmna signe pour Nour. Nour dit les mots.

NOUR et YOUMNA

Youmna dit Depuis toujours les femmes donnent
à leurs filles un cadeau qu'elles ne peuvent ouvrir
qu'au premier jour de leur vie de femmes.

Depuis toujours les femmes donnent à leurs filles un cadeau
qu'elles ne peuvent ouvrir qu'au premier jour de leur vie de
femmes.

Pour nous, ça veut dire le jour où on quitte la
maison pour celle d'un homme.

Pour nous, ça veut dire le jour où on quitte la maison pour
celle d'un homme.

Pour toi ce sera différent.

Pour toi ce sera différent.

Ta mère n'a pas failli à la tradition. La toute petite
boîte est à toi.

Ta mère n'a pas failli à la tradition. La toute petite boîte est à
toi.

Prends-la.

Prends-la.

Je te fais confiance tu sauras reconnaître ce jour-
là, le premier jour de ta vie de femme.

Je te fais confiance tu sauras reconnaître ce jour-là, le premier
jour de ta vie de femme.

Promets de l'ouvrir un jour heureux.

Promets de l'ouvrir un jour heureux.

Et si, un jour, sur le chemin qui te mène à ta mère tu dois tout donner, donne tout mais ne donne pas ça.

Et si, un jour, sur le chemin qui te mène à ta mère, tu dois tout donner, donne tout mais ne donne pas ça.

C'est toute la lignée des femmes avant toi qui est là.

C'est toute la lignée des femmes avant toi qui est là.

Promets de rester fidèle à toi-même.

Promets de rester fidèle à toi-même.

NOUR

Je n'ai pas compris mais j'ai promis.

Youmna signe pour Nour. Nour dit les mots.

NOUR et YOUMNA

Youmna dit La voiture t'attend, mon beau garçon.

La voiture t'attend, mon beau garçon.

Elle dit aussi Je t'aime comme c'est pas permis.

Je t'aime comme c'est pas permis.

Nour prend la petite boîte. La met dans le sac de toile.
Met le sac sur ses épaules.
Elles sortent.

Partie II

1.

NOUR

Je ne me suis pas retournée.

Je ne l'ai pas regardée devenir de plus en plus petite.

Il y a des choses qu'on ne peut pas regarder dis-paraître sans prendre le risque de disparaître aussi.

Et je sais qu'elle préfère ça comme ça.

Qu'elle ne me regarde que parce qu'elle sait que je ne me retournerai pas.

Le voyage a commencé à l'instant précis où je n'ai plus senti son regard dans mon dos.

Je me suis retournée.

La route avait avalé Youmna et notre toute petite maison, notre lopin de jardin, notre arbre, nos deux lits, nos quatre couvertures et nos quatre draps, nos deux matelas et nos deux oreillers, notre natte, nos deux casseroles et notre marmite, nos quatre assiettes et nos trois verres, notre théière, nos douze ustensiles variés, notre peigne, notre brosse, nos deux serviettes, notre valise verte, notre assiette en métal, notre étagère et nos quatre livres. La route avait tout avalé.

Sauf la petite boîte.

L'homme qui conduit a un sourire franc. Il me dit N'aie pas peur, petit oiseau. Ça va aller.

Et là-bas c'est si beau que tu oublieras.

Au moins je suis fixée je ressemble à un oiseau pour vrai.

Mais je n'oublierai rien. Je le jure.

Je le jure, au vent, au sable, à la nuit, au vide, à mes souliers, à ma petite boîte.
Je le jure à tout ce sur quoi mes yeux peuvent s'accrocher et que je reconnais. Je le jure.

L'homme au sourire franc me dit J'ai une cassette pour les piafs de ton espèce qui quittent le nid la mine dépitée.

Écoute-moi ça, petit. En descendant de cette voiture, si tu veux, tu pourras l'emporter.

Ça te fera du bien quand tu t'ennuieras d'entendre ta mère chanter.

J'ai envie de lui hurler que la mère que je me suis choisie ne chantait qu'avec ses doigts, que nous n'avions pas besoin de musique pour remplir le silence de notre toute petite maison et qu'il n'y aura rien à faire pour que je ne m'ennuie plus de ça. Qu'il n'y a pas besoin d'avoir inventé les oranges pour le comprendre. Que je voudrais qu'il se taise et laisse mes oreilles en paix.

Mais il se retourne, me sourit. Et un sourire franc, y a rien à dire, y a rien de tel pour vous couper le sifflet.

Alors je garde ma langue au chaud dans ma tête d'oiseau.

Alors je réalise que je ne sais pas où cette voiture m'emmène.

Je ne sais que ce que je quitte et rien de ce qui doit advenir.

2.

NOUR

Nous roulons.

Si je ferme les yeux je vois Youmna.

Les jambes droites sur notre lopin de jardin elle
n'a pas bougé.

Dans ma tête, Youmna est statufiée.

Le jour se lève.

L'homme au sourire franc dit que nous avons
quitté le pays.

À l'intérieur je dis mes listes de plus en plus vite.

Ça ne marche pas.

Nous entrons dans une ville.

La voiture s'arrête.

3.

NOUR

Je suis l'homme au sourire franc dans un café.

Nous nous installons tout au fond.

Il commande deux thés trop forts que nous
buvons en silence.

Il a compris que je voulais qu'on laisse mes oreilles en paix.

Puis il dit Je m'en vais, le piaf.

Attends ici. Ça ne devrait pas être long.

On va venir te chercher pour la suite du voyage.

Ne t'inquiète pas, ta mère a tout payé jusqu'à l'arrivée.

Ne t'inquiète pas.

Il passe sa main dans mes cheveux, paye les deux thés trop forts et se dirige vers la sortie.

Au moment où il franchit le seuil j'ai envie de lui hurler qu'il est drôle lui avec ses phrases à la noix, il me laisse seule dans un café plein d'hommes où personne ne parle ma langue, où personne ne ressemble de près ou de loin à un enfant, à une fille ou à une femme. Il me laisse seule dans une ville, dans un pays dont je ne connais même pas le nom, dans un monde, un univers, une galaxie dont je ne sais rien. Si dans des conditions pareilles il a une solution, une méthode, un plan pour ne pas s'inquiéter, je le veux bien, parce que moi, là, tout de suite, je ne vois pas.

Mais il se retourne, me fait un dernier sourire franc et me coupe une dernière fois le sifflet.

4.

NOUR

La pendule crasseuse paresse.

Le temps s'étire comme un chat qui a trop dormi.

J'essaie de ne pas imaginer ce que serait ma vie si personne ne venait jamais me chercher.

Ça doit bien arriver qu'on oublie un enfant dans un café comme un panier de légumes au marché.

Je ferme les yeux.

Youmna n'a toujours pas bougé.

Peut-être que pour vrai elle ne bougera plus jamais.

Ses pieds s'enracineront. Ses bras deviendront aussi secs que de vieilles branches.

Peut-être même son sang deviendra sève.

Qui le saura ? Qui le comprendra ? Qui s'étonnera de voir un nouvel arbre si rapidement poussé dans notre jardin ? Personne.

Je tente une liste pour me sauver du vertige.
Ça ne marche pas.

5.

Nuit.

Devant le café, Nour est allongée à même le sol, comme enroulée autour de son sac de toile. Elle dort.

Youmna apparaît devant sa maison, les jambes droites sur son lopin de jardin.

Lentement, elle devient arbre.

Puis, elle apparaît près de Nour, s'assoit près d'elle et signe au-dessus de son visage endormi. Des signes mélangés qui parlent d'amour, de pastèques et de moustaches. Puis, avec son pouce, elle trace un cercle sur la tempe et un cercle dans la main de Nour. Elle disparaît.

6.

NOUR

Il est entré.

Il est venu me chercher.

Il ne m'a pas dit bonjour et ne s'est pas excusé d'avoir 31 heures de retard.

Je l'ai suivi.

7.

NOUR

Dans le bus, il y a une place vide près d'un homme que je trouve très beau parce qu'il n'a pas de barbe et que sa peau sur les joues a l'air douce.

Je m'assois près de lui.

Je ne sais pas si c'est bien d'avoir un père mais à mon avis quand on tombe sur lui ça ne doit pas être trop mal.

Le bus s'arrête souvent. Des hommes montent. Ils portent des moustaches et des fusils.

Ils montent et peuvent nous faire descendre.

Je ne sais pas ce qu'il se passe une fois qu'on est descendu mais à voir la tête qu'ils font tous, si vous voulez mon avis, ça ne doit pas être de la rigolade.

En tout cas, ceux qui sont descendus ne sont jamais remontés.

Je ne vois pas à quoi ça sert de faire des bus avec des airs de fête si c'est pour faire monter dedans des moustachus avec des têtes d'enterrement.

Au troisième arrêt, je fais semblant de dormir. Par la toute petite fente des yeux, je regarde les moustachus.

Ils sont trois.

Le plus petit regarde l'homme que je trouve très beau avec un air mauvais. Si vous voulez mon avis, ce petit-là est un coriace.

Il s'approche de moi.

Mon cœur cogne si fort que ça doit se voir sur ma chemise.

Il dit des mots dans la langue d'ici à l'homme que je trouve très beau. Je ne comprends pas les mots, mais il n'a pas le ton de quelqu'un qui demande un bon plan pour faire pousser les tomates.

L'homme que je trouve très beau lui tend ses papiers avec beaucoup de calme et passe son bras droit autour de mes épaules.

C'est la première fois qu'un homme me touche. Je crois que je vais mourir tellement j'ai une crampe au cœur mais ce n'est pas vraiment le sujet.

Le sujet c'est de savoir si les moustachus vont m'obliger à descendre avec eux.

Le petit coriace regarde les papiers et change tout de suite de tête. Il fait un sourire qui ne lui va pas du tout. Comme s'il avait collé sur sa face le sourire d'un autre.

Il fait signe aux deux autres que l'inspection est terminée.

Ils redescendent et le bus repart.

L'homme que je trouve très beau retire son bras. J'ouvre les yeux.

Il me sourit et me dit dans la langue de mon pays Ils sont vraiment cons ces moustachus.

Je crois que sans lui j'aurais été fixée une bonne fois pour toutes sur ce qui arrive à ceux qui descendent.

8.

NOUR

Au dernier arrêt, je descends.

Un petit homme avec un gros ventre vient vers moi.

Il me mène à un camion plein de pastèques.

Je suis comme un colis qu'on déplace d'un endroit à un autre.

On demande rarement à un colis son avis sur la situation.

Je ne peux pas voir le paysage. J'ai chaud. Je crève de soif au milieu de ces fruits pleins d'eau.

Celle que je vais rejoindre a dû imaginer que je voyagerais comme une princesse. La vérité c'est que je voyage comme une pastèque.

9.

Le soleil n'est pas encore levé quand on vient me chercher.

Ils sont cinq hommes.

Le passeur et quatre autres, comme moi, en route vers ailleurs.

Nous marchons toute la journée.

Parfois, un homme s'arrête contre un arbre et urine.

Je ne sais pas faire ça.

Il faudrait que je me cache derrière un buisson.

Mais si quelqu'un découvrait que je suis une fille, je crois qu'il se passerait des choses très graves.

Je ne raconterai pas la suite de cette journée-là.

C'est chaud et puis c'est froid.

Je marche tête basse à l'arrière du groupe et personne ne s'aperçoit de rien.

Nour

Dans le milieu de la nuit, je reconnais un son familier.

C'est le bruit d'un homme qui tire sur un autre.

Je ne vois pas de qui je peux être l'ennemi à la frontière de deux pays que je ne connais pas.

Nous courons comme des poules sans tête pendant un temps qui me paraît infiniment long.

Puis les coups de feu s'arrêtent. Le guide s'arrête.

Nous nous arrêtons.

Nous avons passé la frontière. Nous sommes sauvés.

Il en manque un.

Personne ne dit rien mais tout le monde l'a remarqué.

Alors personne ne se réjouit d'avoir passé cette frontière.

Personne ne se réjouit d'avoir évité les balles.

Nous cherchons le sommeil.

Un groupe silencieusement uni par la nuit et une drôle de tristesse coupable.

Et puis, sans y avoir réfléchi, je chante une berceuse douce mais pas triste pour celui qui n'a pas traversé.

11.

Il y a longtemps que nous sommes couchés quand nous entendons des pas.

Il est là.

C'est pas des blagues : il est là.

Il a traversé. Il a dû tomber, il a dû se cacher, il a dû perdre notre trace et nous chercher. On n'en saura rien. On sait juste qu'il est là.

Je ris. Je ris comme une chèvre, comme une idiote, comme un chameau.

Je ris de voir cet homme vivant.

Je ris de l'être aussi.

Le guide ne me fait pas signe de me taire. De ce côté de la frontière, on peut rigoler en paix.

Alors les autres font comme moi.

Nous tapons dans son dos. Nous tapons dans nos mains.

Ce presque inconnu nous le fêtons comme un roi.

Chacun raconte des blagues dans sa langue, personne ne comprend rien, mais cette nuit-là, si vous saviez comme on s'en fout.

12.

NOUR

Dans une ville en bord de mer, j'attends mon prochain passeur.

Un soir, un très jeune homme m'attend devant l'hôtel. Il dit Cesse de l'attendre, il ne viendra pas. Je pars ce soir, si tu veux, viens avec moi. Il m'emmène au port. Il me donne une planche. Il dit Sous le camion, le plus dur, c'est de tenir. Nous attendons sur le bord de la route tapi comme des guerriers. Il repère un camion rouge à l'arrêt, il dit Go.

13.

Nour

Un jour je suis arrivée.

Je veux dire j'étais là.

Plus personne à attendre. Plus personne pour m'attendre non plus.

Je marche des jours, des nuits, des mois durant sans savoir ni vers où ni pourquoi.

Je ne parviens pas à chercher celle qui m'a fait naître.

La vie en général demande déjà assez de forces sans que je me colle en plus une mère à chercher sur le dos.

Un jour, je rencontre une femme du nouveau pays. Elle m'emmène dans un endroit où, pour la première fois que je suis partie, je peux raconter. Un interprète traduit. C'est douloureux mais c'est bon.

Partie III

1.

NOUR

Je suis dans un foyer pour adolescents.

Je vais à l'école.

Dans la classe de Madame Prune, nous parlons douze langues différentes. Autant dire qu'il ne faut pas être à court d'idées et avoir les nerfs costauds.

Il faut être fortiche.

Madame Prune est fortiche.

2.

NOUR

On me fait passer une visite médicale. Il faut que je me mette nue. On me regarde partout. Je ne m'étais jamais montrée nue devant personne. J'en pleure sept nuits entières.

Ce jour-là je redeviens une fille aux yeux de tous. Évidemment, je change de chambre.

De toute façon, ça se serait bientôt vu. Il y a des détails qui ne trompent pas, si vous voyez ce que je veux dire.

3.

Au foyer. Nour dans son lit, dort.
Youmna apparaît. Un sourire désolé. Avec son pouce, elle trace un cercle sur la tempe. Puis un cercle sur la main. Elle disparaît.

4.

NOUR

Maintenant, je partage ma chambre avec quatre filles. Celle qui dort le plus près de mon lit est renversante.

Nous ne parlons pas de nos vies d'avant. Nous ne parlons pas de nos parents. Ainsi, nous évitons les cauchemars.

Pourtant, je sens que silencieusement nous sommes des amies.

5.

NOUR

Un jour, tous ceux qui viennent d'ailleurs sont convoqués pour faire une radiographie des poignets et des hanches.

On nous explique que c'est pour savoir notre âge.

Ma nouvelle amie a le même âge que moi. Elle me le jure elle pleure elle crache elle coule du nez. Pourtant la radiographie dit qu'elle est majeure. On donne raison à la radiographie même si tout le monde sait qu'elle se trompe souvent. Mon amie quitte le foyer. Direction l'avion pour rentrer chez elle. Là où elle ne veut plus jamais retourner pour des raisons qui la regardent et si vous voulez mon avis c'est suffisant.

J'ai trop de colère pour être triste.

Heureusement qu'ils ne nous font pas une radiographie du cerveau, parce qu'avec tout ce que nous avons vu depuis que nous sommes partis nous aurions tous au moins soixante-dix-neuf ans.

6.

NOUR

J'ai quitté la classe de Madame Prune. Je vais en cours avec les autres.

Les professeurs disent que je suis exemplaire, courageuse et tout le saint-frusquin des mots que les parents aiment bien entendre. Moi je ne suis pas sûre d'être tout ça mais apprendre par cœur jusqu'à s'en faire tourner la cervelle c'est presque aussi efficace que les listes pour lutter contre le vertige.

7.

Nour a des allures de jeune femme. Ses cheveux sont longs.

J'ai dix-huit ans et tout se complique. Peut-être on me garde. Peut-être on me renvoie. C'est une sorte de loto où je ne choisis même pas les numéros.

On remplit des papiers et puis on attend.

Dans l'attente, il faut absolument éviter la police. Et quand on commence à la craindre, la police est partout.

J'ai trouvé une solution personnelle. Si des policiers se trouvent sur le même trottoir que moi, je vais les voir avec les yeux assurés d'une fille dans son droit et je leur demande l'heure. Je ne sais pas si c'est vrai mais j'imagine que Quatre heures moins le quart, mademoiselle, et vous avez vos papiers? est une réponse qui ne se peut pas.

Dans l'attente il faut aussi faire comme si de rien n'était et préparer la suite comme si on était sûr de rester.

Une éducatrice me pose la question un matin.

Je dis Je veux sortir les enfants du ventre de leur mère.

Elle dit Sage-femme. Ça s'appelle sage-femme.

Elle a un sourire et une voix pas comme d'habitude pour le dire. Comme une tour qui penche un peu.

On m'inscrit dans une école.

J'apprends des mots et des gestes techniques.

Dans la force de ces jours d'apprentissage j'oublie un peu ma réalité.

Mais elle me rattrape un matin par le col de mon manteau d'hiver.

Majeure, sans papiers, je n'ai pas le droit d'être inscrite à l'école.

Ça fait toute une histoire.

Des élèves et des professeurs s'assoient pour moi devant l'école. Des gens de partout écrivent au préfet.

Je ne sais pas pourquoi ils font ça. Je ne les connais même pas.

J'ai envie de disparaître.

8.

NOUR

Ils ont été forts, ils ont réussi. J'ai le droit de rester là, de partir et de revenir.

Mon titre de séjour dans la poche, je cherche toute la journée des commissariats dans lesquels entrer pour le plaisir de demander l'heure sans avoir le cœur qui tremble.

9.

NOUR

L'euphorie dure quelques jours et puis, un matin, c'est comme si tout me tombait dessus en une seule fois.

La survie est réglée et tout me rattrape. L'arrachement, et le voyage, ce que j'ai vu de si laid que je ne raconterai jamais, les frontières qui traversent le corps, la connerie des moustachus et les heures en équilibre sous le camion.

Mon existence vient de me tomber dessus comme une mauvaise blague.

Je passe l'examen de sage-femme comme on passe un chandail au réveil. Sans vraiment m'en rendre compte.

Je l'ai sans joie. Dans ce même état toujours.

10.

Au foyer. Nour, tout habillée sur son lit. On ne sait pas très bien si elle dort. Youmna apparaît comme emmurée. Elle lui fait signe de se lever. Elle disparaît. Nour se lève.

11.

NOUR

Il y a des jours où la vie fait des bonds en avant.
Aujourd'hui en est un.

Pour la première fois ce matin, je serai dans la
salle d'accouchement la sage-femme qui aide
l'enfant à naître.

J'entre.

La femme qui est là est seule. Elle me regarde
avec les yeux d'un renard pris dans les phares.

Vous me croirez si vous voulez mais cette femme
ne parle qu'une seule langue et aucune autre : la
mienne.

La langue de l'enfance, ma langue négligée,
oubliée, disparue, me revient, fluide et intacte.

Je pose ma main sur son front.

Nour signe puis dit :

Ne t'inquiète pas

Tout ira bien

Je serai près de toi

Écoute son cœur qui bat

Ton enfant s'en vient

Tu as de la force et tu as du courage

Il en a lui aussi

Il cherche le chemin du jour

Sens

Vous avancez déjà ensemble.

À l'aube, lorsque nous accueillons sa tête humide dans la lumière, j'offre à la mère mon sourire le plus victorieux,

Et je lui dis Réjouis-toi, c'est une fille.

C'est un jour plein. Un jour heureux.

Le premier jour de ma vie de femme fut une nuit.

Je rentre chez moi ouvrir la petite boîte.

Petit matin.

De sous son oreiller, Nour sort la petite boîte.

Elle s'assoit et l'ouvre lentement. Elle contient une feuille de papier pliée avec minutie.

Elle la déplie et lit.

Ma grande petite,

Je le sais, tu as eu la force d'attendre pour ouvrir cette boîte. Alors tu peux entendre ce que j'ai à te dire.

Je suis ta maman, il n'y en a jamais eu d'autre que moi.

Comprends bien, je suis Youmna et tu es née de mon ventre.

Ma grande petite, es-tu fâchée?

Je ne t'ai pas toujours menti. Ce que je t'ai dit de ta mère souvent était vrai.

Le voyage et toi êtes venus en même temps.

Dès que j'ai senti que tu étais là, j'ai décidé.

J'ai pensé Pour moi c'est fait. C'est acceptable.

Pas pour l'enfant.

Mon enfant mangera à sa faim.

C'est une fille, je le sais.

Et ma fille ira à l'école, échevelée si ça lui plaît.

Elle marchera la tête haute et le regard droit.

Elle pensera à sa mesure.

Elle choisira le premier jour de sa vie de femme.

Elle aimera à pleine bouche et le visage au vent.

Elle mettra ses enfants au monde en pleine lumière.

Et rira d'enfanter des filles.

Ma grande petite, es-tu fâchée ?

Je t'ai appris à savoir choisir seule ce qui était bon pour toi et à ne dire que le vrai.

Et puis je t'ai menti. Et j'ai décidé pour toi.

Ma grande petite, sans ce mensonge tu ne serais jamais partie. Je le sais.

Ici il n'y a rien pour nous.

Et ensemble nous n'aurions pas pu.

Cela n'a rien à voir avec mes oreilles mais avec ces lois qui empêchent les hommes de vivre là où la nécessité les porte.

Tu les as vus, n'est-ce pas, ceux qui viennent en famille et qu'on laisse à la porte ?

Ceux qui parviennent à entrer et vivent toute leur vie cachés?

Je ne voulais pas ça pour nous.

Je t'écris cette lettre alors que tu n'es pas encore née, avant de connaître la forme de ton visage et la force de ton odeur. Comme un pacte avec moi-même pour ne plus avoir le choix.

Tu seras femme quand tu l'ouvriras.

J'ai si intensément confiance.

Ne sois plus triste, mon oisillon, nous sommes de la même lignée de femmes poussées comme les herbes folles d'un potager désordonné.

Ma grande petite, tout est encore possible.

Tu es le Nour de mes yeux

Car je suis ta mère et je t'ai portée.

13.

Nour

Je place la lettre près du papier qui me permet de partir et de revenir.

Nour dit les mots puis signe en regardant ses mains.

J'accepte.

Youmna est au pays. Dans notre toute petite maison, sur notre lopin de jardin avec notre arbre, nos deux lits, nos quatre couvertures et nos quatre draps, nos deux matelas et nos deux oreillers, notre natte, nos deux casseroles et notre marmite, nos quatre assiettes et nos trois verres assortis, notre théière, nos douze ustensiles variés, nos deux brosses à dents, notre brosse, notre peigne, nos deux serviettes, notre valise verte, nos quatre tenues complètes, notre assiette en métal, nos quatre souliers, notre étagère et nos quatre livres.

Elle m'attend.

Noir.